고래 2015

고래 2015

—

초판 1쇄 2015년 8월 25일
지은이 강은교 · 김형영 · 윤후명 · 정희성
펴낸이 김영재
펴낸곳 책만드는집

—

주소 서울 마포구 양화로3길 99 4층 (121-887)
전화 3142-1585·6
팩스 336-8908
전자우편 chaekjip@naver.com
출판등록 1994년 1월 13일 제10-927호

—

ISBN 978-89-7944-545-9 (04810)
ISBN 978-89-7944-354-7 (세트)

책 만 드 는 집
시인선 072

고래

7 0 년 대 동 인 의 시

강 은 교
김 형 영
윤 후 명
정 희 성

책만드는집

| 차례 |

강은교

김형영

윤후명

정희성

강은교

눈보라

'오늘도 눈 쌓인 길을 걷는 이여 / 여기 말 하나 있으니 / 말의
몸 비명 지르며 눈보라 사이로 한 노래 아기 낳고 있으니'

앞이 안 보였다

그러나
네가 보였다, 얼핏

모두 비명을 질렀다

'오늘도 눈 쌓인 길을 걷는 이여 / 여기 말 하나 있으니 / 말의
몸 비명 지르며 눈보라 사이로 한 노래 아기 낳고 있으니'

등꽃

내가 못 본 사이에 등꽃은 피어버렸고

내가 못 본 사이에 등꽃은 져버렸네

저문 등꽃잎 한 장 주워 드네

함께함께 깊은 밤 떠다니네

운조를 찾아서

더위를 주랴 추위를 주랴 / 희망을 주랴 영원을 주랴 / 미래를 주랴 과거를 주랴 / 무쇠비단 큰 이불 굽이굽이 주사이다 / 무쇠비단 큰 베개 걸음걸음 주사이다 / 한 걸음 가슴에 꽂고 / 두 걸음 허리에 꽂으리이다 / 한 걸음 백회에 간구하고 / 두 걸음 용천에 간구하리이다

당신을 기억해
당신은 그림을 잘 그렸지
늘 덧칠을 하곤 했어
좁디좁은 집에 그 큰 이젤을 가져다 놓고
비스듬히 눈길을 꼬고 (그 오만함이라니!)
그림연필로 내 얼굴을 재어보던 당신
시간이 지날수록 덧칠을 한 그림은 엉망이 되곤 했지
빨리빨리
어서어서

아, 기다림이란 얼마나 도도한 것인가

감동 속으로 들어가던 이부자리를 기억해
우리가 사랑하면 이젤이 멍하니 우리를 들여다보곤 했지
덧칠로 형편없이 되어버린 자기를 만지며
캔버스를 받쳐 든 자기의 누추한 팔을 만지며
그 캔버스가 쓰레기통 속으로 추락하던 소리를 기억해
흐느끼며 비 내리는 밖으로 나가던 이젤을 기억해
이젤을 따라 나가던 당신을 기억해

당신을 기억해
오후의 그림자에 비스듬히 몸을 기울이고 있는 필립스 다리미의 찬란한 돛 뒤에서
떠다니는 스마트폰 갤럭시 노트 4의 거룩한 등 뒤에서
86층 펀드회사의 유리창에 몸을 기대고 있는, 또는 고층 빌딩 거대한 허벅지 사이로 비집고 들어서서 한숨을 홀짝이고 있는 후줄근한 남방셔츠여
우리는 모두 거인국의 한 소인국 사람들

더위를 주랴 추위를 주랴 / 희망을 주랴 영원을 주랴 / 미래

를 주랴 과거를 주랴 / 무쇠비단 큰 이불 굽이굽이 주사이다 / 무쇠비단 큰 베개 걸음걸음 주사이다 / 한 걸음 가슴에 꽂고 / 두 걸음 허리에 꽂으리이다 / 한 걸음 백회에 간구하고 / 두 걸음 용천에 간구하리이다

당신을 기억해
당신이 들고 나간 은봉투를 기억해
당신의 허벅지에 오래 부대껴 입술은 오톨도톨 해져 있었고
긴 길을 외투처럼 휘감은 창틀들
사르륵사르륵 빗방울들의 잔기침 소리

아, 기다림 또는 그리움이란 얼마나 도도한 것인가

운조여, 너무 멀리 꿈꾸는 사람을 용서하시길
우리가 우리를 용서하듯이 용서하시길
지구를 달구는 모든 육욕들을, 육욕들의 비탄을 용서하시길
죽음은 우연의 봉인 또는 희망의 봉인

모든 우연들의 섹스를 용서하시길

더위를 주랴 추위를 주랴 / 희망을 주랴 영원을 주랴 / 미래를 주랴 과거를 주랴 / 무쇠비단 큰 이불 굽이굽이 주사이다 / 무쇠비단 큰 베개 걸음걸음 주사이다 / 한 걸음 가슴에 꽂고 / 두 걸음 허리에 꽂으리이다 / 한 걸음 백회에 간구하고 / 두 걸음 용천에 간구하리이다

아직도 못 가본 곳이 있다

아직도 못 가본 곳이 있다
티브이 다큐멘터리로 안 가본 곳이 없건만
갈수록 갈수록 멀어지기만 하는 못 가본 곳
언제나 첨 보는,

아직도 못 가본 곳이 있다
내 집에 있는 그곳
갈수록 갈수록 멀어지기만 하는, 못 가본 곳
언제나 첨 보는,

아직도 못 만져본 슬픔이 있다
내 뼈에 있는 그곳
만져도 만져도 또 만져지는
언제나 첨 보는,

아직도 못다 들은 비명
떠나도 떠나도 남아 있는

시월, 궁남지

시월, 궁남지에 가면 보아라

푸르르푸르르 어디서 등불 날리는 소리

아야아, 구불길로 오는 한 사람 연잎 위에 엎드린다

불빛을 위한 연습 I

옛날 옛 시절에 / 나무들이 말을 하고 / 구렁뱀이 새를 갈길 적 / 비나이다 비나이다 꽃가지에 비나이다 / 비나이다 비나이다 풀잎 전에 비나이다 / 우리 살아생전 꽃가지에 목메고 목메니 / 옛날 옛 시절 / 산들이 말을 하고 / 강들이 길을 풀어 놓을 적

가끔 그 여자의 집을 찾아가네
문을 열고 들어서면 새까만 반팔 티셔츠를 입은 그 여자
불빛 한 잔 출렁이는 쟁반을 들고 오네
그 여자 잔을 내려놓네
여행이란 여행길들
거기 와 모두 가방을 풀고
그림자란 그림자들
거기 와 주춤주춤 잿빛 옷을 벗네

그 여자의 살빛은 분홍 불빛
닫힌 문을 밝히는 분홍 불빛

불빛이 꿈결같이 펄럭이는

큰 꽃 그림이 그려진 지평선 홑이불 같은

나, 그 여자의 집을 찾아가네

살빛이 호롱불처럼 익은 분홍인
그 여자의 분홍 살빛을 만져보러
순간 한 잔 출렁이는 쟁반을 들고 오는
그 여자의 분홍 팔 되어 영원의 속살을 만져보러

옛날 옛 시절에 / 나무들이 말을 하고 / 구렁뱀이 새를 갈길 적 / 비나이다 비나이다 꽃가지에 비나이다 / 비나이다 비나이다 풀잎 전에 비나이다 / 우리 살아생전 꽃가지에 목메고 목메니 / 옛날 옛 시절 / 산들이 말을 하고 / 강들이 길을 풀어 놓을 적

이 세상의 시간은

이 세상의 시간은 당신이 설거지를 하는 시간과, 당신이 비질을 하는 시간과, 당신이 라면을 먹는 시간과, 당신이 단추를 만지작거리는 시간과, 당신이 신발 끈을 매는 시간과, 당신이 달빛을 바라보는 시간과, 당신이 노동하는 시간과, 감자가 익어가는 시간과, 당신이 복종하는 시간과, 꿈꾸는 시간과,

당신이 현관문을 여는 시간과 신문을 집어 드는 시간의, 당신의 불화의 시간과 화해의 시간의, 당신의 우연에 업히는 시간과 필연에 접속하는 시간의, 당신이 피자를 배달하는 시간과 세무회계 사무실의 책상에 앉아 있는 시간의, 당신이 엘리베이터 혹은 에스컬레이터를 타는 시간과 스르르 자동문을 지나가는 시간의,

당신이 또각또각 편지를 쓰는 시간과 울며불며 일기를 쓰는 시간과 헐레벌떡 성명서를 쓰는 시간과의, 혹은, 당신이 바느질을 하는 시간과 스마트폰을 들여다보는 시간과 이메일을 확인하는 시간과의, 당신의 이별의 시간과 만남의 시간과의, 당신의 출발의 시간과 도착의 시간과의,

사랑하올 당신의 눈물을 껴안고 껴안는 시간과의 합

먼 곳

오구두르이 오구두르이 / 푸른 길로 가지 마소 / 흰 길로 가소 / 오구두르이 오구두르이 / 잔뼈는 녹는 듯 / 굵근 뼈는 휘어지는 듯

돌아서는 길목마다 먼 곳은 남아 있어

먼 데서 어미 잃은 고양이 아옹아옹 울고불고
먼 데서 오느라 고단한 비도 아옹아옹 울고불고

돌아서는 길목마다 비 흐르는 먼 곳은 남아 있어

오구두르이 오구두르이 / 푸른 길로 가지 마소 / 흰 길로 가소 / 오구두르이 오구두르이 / 잔뼈는 녹는 듯 / 굵근 뼈는 휘어지는 듯

발목, 기타

내 몸을 받드느라
정말 힘들겠소, 내 발목이여
내 정글 같은 마음 편히 모시느라
내 허리여 심장이여 얼마나 힘들었소?
내 신장이여, 내장들이여, 배여, 눈썹이여, 눈까풀이여
내 생각을 받드느라 높이 솟은 이마여
내 옷, 내 가방을 걸머멘 단단한 어깨여, 생각걸개여
내 못생긴 발톱이여, 손톱이여
하루도 편히 쉴 날 없이 숨 거둬들이고 내뱉는
하루도 편히 쉴 날 없이 피 뿜어내느라 정신없는
내 심장이여, 허파여
언제 없어질까 몰라 늘 발발 떨고 있는 비정규직 내 쓸개여
아 종신의 내 척추여, 무릎이여, 허벅지여
달아나기만 달아나기만 하는 모래의 잠이여
바람찬 길이여, 길의 날개여, 길 같은 당신들이여

여름 저녁 하늘에

여름 저녁 하늘에
핼쑥한 달이 떴네
자갈길로 오던 사람
핼쑥한 달이 떴네
그 웃음 자갈에 스미네

자갈길로 하얀 손
등꽃처럼 흩날리고
자갈길로 오던 죽음
등꽃처럼 흩날리고
그 죽음 자갈에 스미네

핼쑥한 달이 떴네
여름 저녁 하늘에

한용운 옛집

모서리 다 닳은 팔각 등불처럼
등불의 외다리처럼
여기, 생의 거미줄에서
여기 반들거리는 먼지의 영원에서
발끝마다 아득히
기다림의 댓돌 위에서

아야아, 풀 먹인 삼베 같은 목소리

꽃 피는 말씀

엄마의 마지막 말씀은 물이었어, 그 전날 말씀은 물을 주어야지, 였고, 그 전전날 말씀은 물을 주고 있어, 였지, 꽃 피는 엄마 위에서 물길이 걸었을까, 물길 위에서 엄마가 걸었을까

물길이 떠다닌다, 물길 아래 수평선도 떠다닌다, 날개가 산맥같이 우주에 펼쳐진 곤이도 떠다닌다, 곤이 날개 속에 들어 있던 은하 저 너머도 떠다닌다

갈랫길의 노래

-DMZ 앞에서

자갈 둘둘 허리에 감은 갈랫길
휘둥그레 눈 뜬 바늘꽃 기침 소리

그리운 동네처럼, 너
핏줄 속으로 돌아다니고, 돌아다니고

아야아

간이역, 오후 여섯 시

무거운 보따리를 든, 그러나 한껏 멋을 낸, 간이역의 여자들을 철길가에 소복이 모여 앉은 맨드라미들이 쳐다본다, 흑자줏빛 얼굴들을 허공에 깊이 묻고

레일처럼 울먹울먹 묻고

작별의 말도 없는, 만남의 기약도 없는 오후 여섯 시, 재빠른 기차는 서지도 않는, 흑자줏빛 오후 여섯 시, 사랑은 자갈 위에 뒹굴다

즐거이 즐거이 한없이 가벼워져서

-무덤마을을 위하여

어느 햇빛 눈부신 날, 즐거이 즐거이 한없이 가벼워져서, 무덤가 검은 덧창을 여는 한 사람을 생각한다, 덧창이 된 한 사람을 생각한다

어느 비 눈부시게 양철지붕을 두드리던 날, 즐거이 즐거이 한없이 가벼워져서, 하늘로 떠간다, 푸르르 푸르르르 번개를 마신다, 번개가 된다,

어느 깊은 꿈 하나 눈부시게 내 살을 펄럭거리던 그날, 즐거이 즐거이 한없이 가벼워져서, 너를 황금 꽃병에 꽂는다, 살살이꽃인 너를, 숨살이꽃인 너를, 내 간절곶인 너를

| 시인의 말 |

'오늘도 눈 쌓인 길을 걷는 이여 / 여기 말 하나 있으니 / 말의 몸 비명 지르며 눈보라 사이로 한 노래 아기 낳고 있으니'

위의 시 구절을 작가의 말로 삼는다.

김형영

조선백자달항아리

네 안에 무엇을 비웠기에
그렇게도 그윽하냐.
팔도강산을 돌아온 바람이냐.
어둠을 태운 빛이냐.
앞태를 보아도
뒤태를 보아도
만삭의 아내만 같아 흐뭇하구나.

생명의 꿈 품안고 있기에
아침저녁 쓰다듬어도
변모한 네 모습 보고 있으면
땅의 숨소리 들리는 듯하다.

하늘을 담은 보름달이여!
오백 년 조선의 어머니여!

수평선 8

이제 네 마음 알았으니
그냥 거기 있거라.
더는 다가가지 않을 테니
달아나지 마라.
너를 만나는 곳이 여기라면
여기서 기다리마.

한처음 하느님이
그리움 끝에 테를 둘러
경계를 지었으니*
그냥 여기서 바라보며 그리워하자.
네 마음 실어 보내는
출렁이는 파도여!

끝끝내 넘을 수 없는 그리움이여.

* 성경, 잠언 8, 27~29. 욥기 27, 10 참조.

부치지 못한 편지

–이소당耳笑堂*에게

네가 떠나던 날
나는 많이 슬펐다.
그날이 어느새 십년,
살아서도 바쁘더니
죽어서도 뭐가 그리 바쁘더냐.
네 몸은 백골이 다 되었겠다.
흙으로 돌아가는 너,
네가 부럽다.
내 기억 속을 떠나지 못하는 벗이여!
너를 슬퍼하던 나,
네가 없으니
오늘은 내가 나를 슬퍼해야겠다.

* 임영조 시인의 호.

꿈길

너와 나 사이 무지개 없이
무슨 다리를 건너겠느냐.

질투보다 아름다운 것은 없더라.
머물지 마라.
하늘이든 땅이든
건너가 보자.
살아서 채우지 못한 욕망도
나를 미워하는 나도
건너가 보자.

무지개가 사라지기 전에,
무지개의 여운이 아직 남아 있을 때
건너가 보자.
건너가 보자.
우리가 사는 길은
애초에 다리 없는 무지개 아니더냐.

제4과

–직정언어直情言語의 시인

제1과, 끝끝내 덜된 집
제2과, 단번에 깨친 듯 거침없는 바람
제3과, 흥에 겨워 허구한 날 노래하는 나무

이 세 귀신 사이에 끼어보려고
이날까지 기웃거렸는데
끼어들 틈을 찾지 못했다.

그날이, 그날이 찾아오면
마지막 숨 몰아 이렇게 써봐야지.

제4과, 못 지킨 빛 한 줄기.

다 달랐다

1910년 8월 29일 1천만이 울었다.

분해 울었다.

1945년 8월 15일 2천만이 울었다.

감격해 울었다.

1950년 6월 25일 3천만이 울었다.

아파 울었다.

1960년 4월 19일 4천만이 울었다.

기뻐 울었다.

……

……

……

그리고

2014년 4월 16일 5천만이 울었다.

하늘도 바다와 함께

슬퍼 울었다.

호號 이야기

나는 몇 개의 호號를 가졌다.

어느 해 스승의 날
미당未堂 선생님께서 내게 호를 하나 지어주셨다.
"자네 고향이 부안이니
그곳의 명산 변산邊山으로 하시게.
변두리 산, 거 좋지 않은가."

법정法頂 스님은
평소 내가 얼마나 허약하게 보였는지
"오래 사시라고 수광壽光이라 호를 하나 지었소.
무량수무량광無量壽無量光."
불교적이긴 해도 마음에 들어
정민 교수에게 자랑을 했더니
'목숨 수壽를 지킬 수守로
바꾸면 어떻겠느냐'고 의견을 주었다.
불교와 천주교의 절묘한 일치다.

언젠가 고은高銀 선생님께 호를 부탁했더니
한 삼 년쯤 지나서
"여기 호 지었네. 수정水頂, 그거 좋아!"
물에 정상이 있는지는 몰라도
물의 정상에 서라는 뜻인가?

조광호 신부님은
내 세례명이 스테파노니까,
스테파노는 돌멩이에 맞아 죽었으니까
'소석小石이 좋겠다'고 했고,
유안진 시인은 뜬금없이 전화로
'일사一史라는 호를 지었는데 받겠느냐'고 물었다.

그리고 2014년 10월 초
내가 시집 『땅을 여는 꽃들』을 상재했는데
김병익 선생님께서 그걸 읽어보시고
'송연松然'이라는 호를 지어 보내주셨다.
소나무답다니, 너무 황송하고 무엇보다

소나무에게 미안해 받아도 될지 모르겠다.

이래저래 나는 호 부자가 된 느낌이다.
이제 나도 나이가 좀 들어
더는 호를 내려줄 분이 안 계실 것 같다.
정현종 시인께서 지어준다고 약속은 했지만
아직은 감감무소식이다.

* 정현종 시인께서 이 시를 쓴 다음 지심之心이라는 호를 지어주었다.

산

입산入山하지 마라
너를 부르는 건
하산下山뿐이다

하산下山하지 마라
너를 기다리는 건
입산入山뿐이다.

그냥 거기 있거라.
산山이 네 이름 부르며
찾아오리라.

지금은 몰라도

어제 만나고 헤어졌는데
오늘 만난 것 같고
오늘 만났는데
내일 만난 것 같고

지금 만나고 있는데
언젠가 만난 것 같고
내일이나 모레 만나는데
날마다 만난 것 같고

너와 내가 만난 시간은
지나간 시간이 없고
멀지도 가깝지도 않은
언제나 같은 시간인데

나면 죽고, 죽어도 살아나는
시간은 머물 곳이 없다.
무지개를 찾아가다

그만 무지개를 건너버린

'지금은 몰라도
나중에, 나중에 알게'* 될
진실은 순간마다
새롭게 찾아온다.

* 윤후명 「사랑 푸르름」.

시원한 꿈

찔레꽃 피고
뻐꾸기 울어
마른하늘에 천둥 번개 칠 때면
어디서 무슨 소문 들었는지
떼로 몰려오는 먹구름들
한바탕 소나기를 퍼부어대더니

대낮에도 하늘은 장막을 치고
네댓 살짜리 나는 그 틈을 타서
토방에 나가 오줌을 누네.
보는 사람 아무도 없어
낙숫물과 겨루듯 조그만 고추로
시원하게 한바탕 오줌을 누네.

그런 날 밤이면 영락없이
꿈속에도 토방에 나가
세계지도를 누비며 오줌을 누네.
요 바닥이 흥건해질 때까지

등허리가 따끈할 때까지
시원하게 한바탕 오줌을 누네.

하늘 위

하늘 위의
하늘 위의 하늘 위의
하늘 위의 하늘은
하느님의 집인데…… 너
어느새 거기 가 있느냐,
우리들의 슬픔 감추기도 전에.
눈에 보이지 않아도
있다고 믿는 거기,
저 하늘 위의
하늘 위의 하늘 위의
하늘 위는 너무 멀어도
눈앞에 어른거리는
내 마음 머무는 거기.

하늘의 말씀

무슨 말을 듣기는 들었느냐.
한평생 땅에 뿌리 박고
귀 기울이며 산 나무야.
네가 언제 한 번이라도
하늘이 싫어할 일을 저질렀다고*
잘못을 빌듯 연신
온몸을 흔들며 끄덕이느냐.
정녕 하늘의 한 말씀 듣기는 들었느냐.

* 공자 『논어』 3~13 참조.

단상斷想

우리 동네

우리 동네 구멍가게에는
있는 것도 없고
없는 것도 있다.
그냥 거기 맘 놓고
아무거나 가져가거라.

이따 또 오지 마라.

3월, 첫날

바위들 들썩이는 걸 보니
꽃 핀다는 한 소식 들었나 봐.

내 엉덩이 밑에서 말야.

이웃

누가 네 이웃이냐 묻지 마라.
나도 네 이웃 아니냐.

밤아

밤아,
마침내 네가
흩어진 천지사방을 하나로 모았도다.

어디로 떠나셨나

공초空超 오상순 시인은
"자유가 날 구속했다"는 명대사名臺詞를 남기고 떠나셨다.
꽁초 연깃줄 붙잡고.

| 시인의 말 |

언제부터인지는 모르지만, 나는 안 보이는 것에 마음을 팔고 엉뚱한 생각으로 오랫동안 살아온 것 같다. 그러다 보니 산에 가면 나도 모르게 나무를 안아보고, 쓰다듬고, 말을 건네고 귀를 기울였다. 나무와 교감할 때는 나무의 신성에 취하기도 하고, 또 가끔은 범신론자가 되어도 좋겠다는 생각도 했다. 그러나 나는 범신론자가 되지 못한다. 그것은 내 얕은 신앙심 때문인지도 모르겠다. "하느님, 내게서 하느님을 없애주십시오"라고 말한 마이스터 에크하르트의 심정으로 이제 나도 모든 집착에서 벗어나야 할 시간이 온 것 같다. 그 시간이 오면 보이는 것, 보이지 않는 것에 대한 집착에서 벗어나 생명의 진면목을 보게 될지도 모르겠다.

윤후명

뻐꾸기의 길

뻐꾸기의 길을 기다린다
겨울에는 사랑보다도 기다림이 깊었다
뻐꾸기의 길을 가려면 먼 산을 넘고
살아온 만큼 멀리 도는 길을 알아야 한다고
함부로 겪은 뉘우침의 삶을
뻐꾸기에게 맡기는 것이니,
겹도록 기다려온 속내를 꺼내놓아야 하건만
무엇을 말하려고 이토록 멀리머얼리
속절없이 기다려왔단 말인가
이 봄의 일을
뻐꾸기에게 귀띔할 말부터 마련해야 한다
깊이 병든 기다림을 풀어놓으려고
겨우내 하염없이 뻐꾸기를 기다렸으니,
나 하염없이 기다렸으니,

직박구리의 길

찌익찌이익 우는 새의 부리를 보려고
나무 가까이 몸을 기댄다
무엇이 잘못이냐고 묻는 인생이 있음을
찌익찌이익 소리가 비명으로 대답한다
"잘못 산 인생의 시간을 한탄하느냐"
절로 신음 소리가 나올라치면
"어찌 태어났느냐"
새의 울음은 조금이라도 아름다움의 길을 찾으라고
나를 어디론가 이끌지만 나는
마지막을 향해 막다른 골목으로 달려간다
막다른 골목의 마지막 문이 닫히고
직박구리는 내 어두운 몸속을 쪼아내다가
못내 찌익찌이익
울음을 뱉어낸다

자고새
–반 고흐 그림 〈자고새가 있는 밀밭〉에 부쳐

마을을 벗어나 흙길을 간다
자고새는 어디 숨었는가
돌담 안 묘지에 누워 있는 고흐
그 옆에는 테오
새소리에 귀를 기울이고 있다
자른 귀를 들고 있는 고흐는 아직도 밀밭을 가며
긴 편지 구절마다
굽이치는 빛 사이로 새를 바라본다
그러나 내게서 새는 어디로 가고
나는 어디론가 영원히 떠나온 듯하다
여기 누구 아무도 없느냐고
오베르 쉬르 와즈의 교회 그늘에 입 맞추면
마을의 저녁 불빛이
멀리 자고새처럼 밀밭 위에 홀로 뜬다

통영

–전혁림 그림 〈두 개의 장구〉에 부쳐

어느 뒤안길 오르내리다가
선창길 지나
물고기가 새 되어 산을 오르는 소리,
다도해 바다를 담고 하늘에 오르는 소리,
새파랗게 새파랗게 깊어서
나를 부르네
세모도 되고 네모도 되고 동그라미도 되어서
바다와 하늘을 잇고 있네
여기 내가 있다고 부르는 소리 나를 이끄네
나도 모르는 내 발길
그 소리를 따르면
바닷길 하늘길 새파랗게 새파랗게
내 길이 열리네
나를 부르며 내 길이 열리네

대관령

저 먼 산
우는 날이 있다
옛 호랑이
돌아와
찾는 그 바위
삼단 머리 떨군 듯
우는 날이 있다
멀고 아득하여
눈 흐리게 바라
저 먼 산
더 멀게
우는 날이 있다

엉겅퀴꽃

엉겅퀴야
너의
붉은피톨
내가 받아
이승 일평생 푸르른 생명
나는 살아난다
늘 살아난다

꽃빛을 위하여

대관령에서는 어떤 새가
엉겅퀴의 안부를 물으며
날아가고 있었다
내가 여지껏 세상에 묻고 또 묻던 물음
사랑이 뭐냐는 그 물음을
던지고 있었다
그래서 엉겅퀴는
핏빛으로, 핏빛으로 피고 있었다

귀퉁이

기다리는 시간만큼은
살아 있다고 느낀다
내가 간직해온 것이기 때문에
때문에, 나는 살아 있음을 믿는다
굶주려 온 것을 누구에게도 전하지 못하고
기다려왔다고만
어느 귀퉁이에 적어놓는다
그렇다고 내가 확실히 나를 아는 건 아니다
다만 어느 귀퉁이를 귀퉁이답게
꾸며놓았다고 믿는 것이다
기다리는 게 삶이라고 믿기 위하여
살아있다고 믿기 위하여
어느 귀퉁이가 필요하기에

물방울

사라진 것은 다 어디로 가는 것일까
새벽길에 스쳐 떨어진 이슬처럼
새의 혀를 적시던 이슬처럼
목숨을 지키던 물방울은 어디로 흘러
내게서 멀어지는 것일까
누군가 모래땅 위에 남긴 발자국처럼 멀리
나를 이끌고 가서 흔적 없는 옛것이 되는 것일까
사라진 것을 따르는 삶의 길
모두들 지평선 너머 모습을 감추고
내가 나의 사라짐을 보는 것처럼
물방울이 마르고 있다
마른 자국이 남아 나의 사라짐을 부른다
넌 언제부터 여기 있었니?
넌 어디로 가려는 거니?

동해 바다

꽃 한 송이 던져주지 못한 바다다
사노라고, 이리저리 부대껴 다니노라고
꽃커녕 웃음 한 뜸 던져주지 못한 바다다
어머니의 뼈를 뿌린 바다다

어느 날의 고향

필름만 돌아가는 무성영화 같다
언제부터인지도 모르게
풍경은 소리 없이 흐른다
눈이 오나 비가 오나
빨래처럼 널려 있는 거리
모두들 어디로 가고
비어 있는 거리
내 곁을 스치면서도 나를 못 보는 듯
오래된 풍경만이 남아 있다
한 꺼풀 걷어내야 나라도 소리를 내건만
덮여 있는 것 걷어내지 못하고
나는 과거 속으로만 숨어 움직인다
이것이, 이것이 무엇이냐고
무성영화의 순간들이냐고

비파나무

십 년 만에 겨우 열린 비파 몇 알을
은식에게 보여준다고 묘만은 기다렸다
언젠가 여수에서 보내온 열매를 먹고
씨앗을 심어 키운 나무
어즈버, 아즐가, 예전에 잊힌 감탄사만이 마땅한
이 나무의 열매
노랗게 익었다가 쪼글쪼글해지는 걸
나는 옆에서 보고만 있는데
이것이 과연 무엇일까 비파나무여
이 삶이 내게 주어진 것일까
도저히 예견할 수 없었던 기다림
이 세상이 싹을 내어
내게 보여주는 기다림의 날들
예견할 수 없었던 한 그루 나무

백남준白南準의 데스마스크

봉은사 법당 한켠에
백남준의 데스마스크와 사진 두 장이
놓여 있다
금강경을 독송하는 소리는 높아가고
비디오 아트의 창시자는 여전히 소년처럼
세상을 향해 눈을 뜨고 있다
언젠가 석지현釋智賢이 추사秋史의 판전版殿 글씨를
손으로 가리키던 그 길 쪽으로
칠십병과七十病果의 누군가가 가고 있었다
수보리, 수보리,
붓다는 제자를 일러 그쪽을 보라 하는데
일찍이 한반도를 향해 왔다던
아도와 마라난타는 누구였을까
데스마스크는 눈을 지그시 감고 있다

새들은 길을 노래한다

뻐꾸기가 울고 지나간 하늘
까마귀가 뒤를 이으니
고맙기도 하여라
살아감과 죽어감이 똑같다니
내가 나라는 걸
새들은 이미 노래하였다
그곳에 길을 새로이 내고
노래로 닦고자 함을
알고 있는 게 새들이었다
지나온 시간은 모두 꿈같다고
새들의 노랫결은 들려오건만
뻐꾸기의 뒤를 이은 까마귀 소리에
내 삶을 가만히 놓아본다
이것이구나, 고맙기도 하여라

감자밭

감자밭 앞에서 멈춰 선다
예전 밥그릇에 그득 담겨 있는 감자들
위에 쌀밥이 한 켜 덮여 있다
안 헤쳐보아도 아는데
살살 헤쳐본다
삶은 감자가 살아 있는 듯 눈을 뜬다
아무 말 없이 아무 말 없이
몇 알만으로 그릇을 채운 삶이 시작된다
얼마나 멀리 가야 하기에
밥그릇마다 차곡차곡 채워
발뒤꿈치로 누른 것이냐
쌀밥 대신 담겨 있는 감자들
끼니를 거르지 않게
아직도 든든히 앞에 놓여 있는 게로구나

| 시인의 말 |

송장메뚜기길라잡이를 따라가는 길

1967년

고등학교 때부터 나는 시인으로서 일생을 살아가리라 다짐하고 있었다. 시인으로서의 삶이 아니면 나의 태어남조차 무의미하다는 생각이었다. 대학에 들어와서도 자나 깨나 시에만 몰두했다고 해도 지나친 말이 아니다. 마침 박목월 선생님이 학교에서 시를 강의하게 되어, 나는 철학과에 적을 두고 있었지만 그 강의실에 드나들 수도 있었다.

"신문에서 니 시 봤지."

선생님은 신춘문예에 응모하여 떨어진 내 시를 말하며 열심히 쓰라고 격려해주었다. 나는 미아리의 서라벌예술대학에 가서 여러 시인 지망생들을 만나며 시인의 길만이 보람 있는 삶이라고 굳게 믿었다. 함께 시를 이야기하며 뜻을 같이했던 시인 M은 지금은 이 세상에 없고, 또 여러 문우들이 어디론가 사라져갔지만 그 시절은 여전히 내게 순수로 남아 있다.

신춘문예를 목표로 나는 단 한 편의 시를 완성하리라 했다. 고치고, 다시 쓰고, 고치고, 또다시 쓰고……. 가을이 다 간 어느 날 나는 그 작품을 한 신문에 응모했다. 컴퓨터가 없고 따라서 저장이 없던 시절, 그 시는 비장하게 응모되었다. 그리고 그 비장함을 증명하려는 듯 어디론가 사라졌다. 당선작은 다른 시였기 때문이다. 단지 내 머릿속에만 저장되어 있는 것은 "코끼리가 꾸덕꾸덕한 땅을 밟고 가고 있다"는 한 구절뿐이었다. "꾸덕꾸덕한 땅"은 젖었다가 적당히 말라가며 굳은 상태를 말한다. 그러나 그뿐이었다. 코끼리는 웬 코끼리인 것일까. 종종 그 시의 운명을 떠올리며 시를 완성해야 할 텐데…… 조바심을 내는 내가 있다.

그 시를 응모하고 나서도 한 신문의 마감이 남아 있길래 부랴부랴 쓴 시가 당선작 「빙하의 시」가 되었으니…….

1979년

시인 생활 11년 만에 시집 『명궁』을 내고 내게 닥친 공황 상태는 나를 완전히 파괴했다. 나는 예전의 내가 아니었다. 그러나 나는 살고자 했다. 살아야 한다. 그 길이 소설밖에 없다는 사실을 나는 받아들여야 했다. 그리하여 죽음을 담보로 한 해를 얻기로 했다. 도무지 막막하기만 했던 그 한 해를.

나는 유폐된 것처럼 나를 가두고 한 줄 한 줄 쓰지 않으면 안 되었다. 무엇을 어떻게 쓴단 말인가. 그 결과 나는 겨우 두 편의 단편소설을 얻었다. 쓰다 쓰다 안되어 '잘 아는 걸 쓰라'는 말을 좇아 고향 강릉에서의 전쟁을 배경으로 쓴 것이었다. 전쟁은 흔히 사랑을 어긋나게 하지만, 그 어긋난 사랑에서 뿜어지는 용연향 향내가 우리를 어지러이 아름답게 하는 어떤 순간들을 그리고자 한 당선작 단편소설 「산역」의 세계……. 고래의 상한 창자에서 얻을 수 있는 용연향의 향내……. 그리고 나는 소설가로서 변신하게 된다.

이제 나는 소설 속에서도 시를 이야기하는 자유를 누린다. 우리 소설도 변했다. 그 변화의 소용돌이 속에 나는 내 어릴 적 약속을 지킨다는 '초발심자경'의 마음으로 소설이며 시이기도 한 어떤 글을 쓴다.

2015년

20대에 모여 시 동인지를 만들었던 지난 세월을 업고 다시 모여 시를 이야기하다니…… 생명이란, 인생이란…… 경이롭지 않을 수 없음을 말한다.

시는 늘 내 앞에 모습을 보이며 저 고갯길, 저 모퉁이 길에서 내게 신호를 보낸다. 송장메뚜기길라잡이 한 마리를 벗 삼아 나는 먼 길을 가고 있다. 들과 내를 건너 천둥 울리는 하늘 밑 아득한 산길이다. 엷은 풀 한 줄기나 가는 혓소리 새 한 마리에게도 속삭이듯 한글이 가리켜 보이는 길이기도 하다. 다만 나는 나와 함께 순장할 몇 줄을 얻으면 될 것이다. 오래 꿈꾸던 세상이 이것이라고 믿어도 좋다고, 나는 한 줄의 글을 향해 어디론가 가고 있다.

정희성

가보세 가보세

봄 이기는 겨울은 없다고 생각하며 한겨울을 난다
봄이 봄다워지기를 기다리다 어느새 여름이 되고
선들바람 불어 이제 살 만하다 싶으면 다시 겨울
사는 게 이게 아니지 탄식하는 순간 또 꽃이 진다
가보세 가보세 을미적 을미적 병신 되면 못 가리*

* 갑오농민군의 노래 일절.

가을의 시

이 자본주의사회에서
살아 있다는 것만으로도
가을은 얼마나 황홀한가
황홀 속에 맞는 가을은
잔고가 빈 통장처럼
또한 얼마나 쓸쓸한가
평생 달려왔지만 우리는
아직 도착하지 못하였네
가여운 내 사람아
이 황홀과 쓸쓸함 속에
그대와 나는 얼마나 오래
세상에 머물 수 있을까

꿈꾸는 나라

장난감 총으로 혁명을 하겠다는 무리가 있는가 하면
그걸 또 내란 음모로 몰고 가는 세력도 있습니다
바야흐로 첨단의 시대에 우리가 살고 있지요
여기가 첨단인데, 우리에게 미래가 있을까요?
언제나 우리는 꿈꾸는 나라에 다다를 수 있을까요?

너븐숭이*

흙은 살이요 바위는 뼈로다
두 살배기 어린 생명도 죽였구나
신발도 벗어놓고 울며 갔구나
모진 바람에 순이삼촌도
억장이 무너져 뼈만 널브러져 있네

* 제주 북촌 너븐숭이에는 4·3 기념관과 애기무덤과 희생자 위령비와 현기영의 「순이삼촌」 문학비가 서 있다.

도천수관음가禱千手觀音歌

–김정헌 화백의 말을 빌어

겨울나무여 봄이 오면
가지마다 꽃눈 트니
그대가 천수관음이로세
무릎 꿇고 손 모아 비오니
눈멀어 어두운 내 마음에
빛이 되어 오소서
아으 즈믄 겹 어둠 갇힌
누리에 꽃눈 틔우소서

바이칼에서의 이별

그저 글썽이며 바라만 볼 뿐
앙가라 강은 셔먼 바위를 어루만지며
손을 놓고
흘러서 흘러서 북해로 가네

시베리아 횡단열차를 타고

흰밤 창밖으로
한없이 너른 벌판을 바라다보았다
불현듯 내가 다족류 벌레처럼 작아졌다

새 발자국

민족의 시원지라는
알혼 섬 북부
2차 세계대전 당시 포로수용소가 있던
뻬씨안까 모래사장
고통으로부터 날아오른
무수한 새 발자국

안녕들 하십니까

아침 인사 한마디에
가슴이 철렁 내려앉고
세상이 기우뚱거린다
이 불안한 나라에서
안녕한 게 죄스러워
얼굴 가리고 우는 아침

집에 못 가다

어린 시절 나는 머리가 펄펄 끓어도 애들이 나 없이 저희끼리만 공부할까 봐 결석을 못 했다 술자리에서 그 이야기를 들은 주인 여자가 어머 저는 애들이 저만 빼놓고 재미있게 놀까 봐 결석을 못 했는데요 하고 깔깔댄다 늙어 별 볼 일 없는 나는 요즘 거기 가서 자주 술을 마시는데 나 없는 사이에 친구들이 내 욕 할까 봐 일찍 집에도 못 간다

흰밤에 꿈꾸다

좀처럼 밤이 올 것 같지 않았다
해가 지지 않는 사흘 밤 사흘 낮
시베리아 벌판을 바라보며
어떤 이는 칭기즈칸처럼 말달리고 싶다 하고
어떤 이는 소 떼를 풀어놓고 싶어 하고
어떤 이는 감자 농사를 짓고 싶다 하고
어떤 이는 벌목을 생각하고
또 어떤 이는 거기다 도시를 건설하고 싶은 눈치였다
1907년 이준 열사는 이 열차를 타고 헤이그로 가며
창밖으로 자신의 죽음을 내다보았을 것이다
이정표도 간판도 보이지 않는 이 꿈같이 긴
기차 여행을 내 생전에 다시 할 수 있을까
그런 생각을 하며 지그시 눈을 감는데
누군가 취한 목소리로 잠꼬대처럼
'시베리아를 그냥 좀 내버려 두면 안 돼?'
소리치는 바람에 그만 잠이 달아났다
더 바랄 무엇이 있어 지금 나는 여기 있는가
좀처럼 잠이 올 것 같지 않았다

가까스로 밤에 이르렀지만
아침이 오지 못할 만큼 밤이 길지는 않았다

독서 일기 2

서정시를 쓰기 힘든 시대가 되었다
현실사회주의가 붕괴된 지 오래되었지만
오늘 나는 공산당선언이 다시 읽고 싶어진다

—하나의 유령이 유럽을 떠돌고 있다, 공산주의라는 유령이. 옛 유럽의 모든 세력이 연합하여 이 유령을 잡기 위한 성스러운 몰이사냥에 나섰다. 교황과 차르, 메테르니히와 기조, 프랑스 급진파와 독일 경찰들이.

정권을 잡은 반대파들에게서 공산주의적이라고 비난받지 않은 야당이 어디 있으며, 좀 더 진보적인 반대파나 반동적인 적수들에게 공산주의라는 낙인을 찍으며 비난하지 않는 야당이 어디 있겠는가?*

여기까지 읽다가 나는 책을 덮는다
이는 19세기 중엽의 일이다
그런데도 '유럽'을 '한반도'로 바꾸어놓고 보면
그대로 '지금' '여기'가 아닌가
게다가 이 땅에 교황과 차르, 메테르니히나 기조에 대신할 사

람은 얼마든지 있다

나는 생각한다, 잘 모르고 하는 소리인지 모르지만
유럽은 선언을 너무 서둘렀던 게 아닐까
그렇다고 해서 우리나라가 선언으로 맞서야 할 적기가
바로 지금이라고 말할 수도 없다

잠이 오지 않는다
서정시를 쓰기 힘든 시대가 되었다
그러나 내가 가진 것은 이것뿐
내게 노래가 없다면
내게 꿈마저 없다면
나는 무엇인가
마지막 한 줌의 힘이 빠져나갈 때까지
나는 이것을 손에서 놓지 않으리

* 『공산당선언』, 이진우 옮김, 책세상, 2002, p.15.

그것은 참살

경인년 11월
경북 안동에서 구제역이 발생
60일째 되는 날 아침 마침내
가축 272만 마리를 살처분했다는
뉴스 보도가 있었다
하늘에는 울음소리 가득하고
땅에는 핏물이 흥건했다

경인년에 이어 신묘년
또 조류독감이 발생하자
땅을 깊이 파고 마지막
새벽 알리는 닭 울음소리마저
송두리째 파묻어 버렸다
세상이 적막했다

시절이 하 수상하여
갑오년 봄을 맞기가 불안하더니
밤에 제주로 가던 세월호가

진도 앞바다에 이르러 침몰
3백여 명이나 되는 어린 생명들을
속수무책으로 바다에 수장시키고
사십구재가 지나도록
그 쓴 바다 깊이를 모른다

무지개로 서다

세월호 참사 109일째 되던 날
광화문광장에서 유가족들을 위로하는
작은 음악회가 열렸다
나는 「숲」과 「그리운 나무」 두 편의 시를 낭송하며 이렇게 덧붙였다

"이 일을 두고 우리는 참사라고 합니다. 비참하고 끔찍한 일이라는 뜻이지요. 그러나 생각해보면 이것은 단순한 사고가 아닙니다. 3백 명이 넘는 어린 목숨들을 수장시킨 이 사건은 '참사'가 아니라 '참살'입니다. 게다가 이 일이 있은 지 100일이 훌쩍 지나고도 아직 정부에서는 원인조차 밝히지 못하고 있습니다. 여당은 며칠 전에 있은 재보궐선거에서 몇 석 더 얻었다고 승리자연 하며 이대로 '세월호'를 덮으려 하지만 국민은 결코 가만히 있지 않을 것입니다."

그러는 사이 하늘이 어두워지고
후드득 한바탕 소나기가 지나가더니
빌딩 위로 무지개가 섰다

누군가 그걸 찍어 트위터에 올렸는데
학교에서 퇴근하던 내 딸 주영이가 보고

“아이들이……
일곱 빛깔 무지개로……
순수하고 예뻤던……
그 모습 그대로……
그렇게 그 자리에 왔던 걸까요……
문득 울컥”
하며 문자를 보내왔다

그 말이 하도 갸륵하고 예뻐
잊지 않으려고
바로 이렇게 기록해둔다

헌화가

가을 물살에 꽃 한 송이 띄워 보내느니
사무쳐 그리는 이 있음을 그대 아시거든
초승달 같은 눈짓으로 시늉이나 해주시게

| 시인의 말 |

시집 『그리운 나무』 이후에 발표한 시 15편을 싣는다. 2013년 시베리아 여행 이후 문득 우리 문학이 잃어버린 대륙성을 생각하게 된다. 광복 70주년을 맞이하는 올해 이 중간 보고서를 제출하며 한없이 왜소해진 자신의 초라함에 새삼 놀란다.

| 해설 |

순수와 참여를 봉합하는 시성詩性

−'70년대' 동인

이경철 시인 · 문학평론가

2006년 12월 15일 장생포 앞바다에서 길이 7미터 무게 4톤짜리 대형 밍크고래가 그물 속 문어를 먹으려다 걸려 죽은 채 끌려와 4천만원에 경매되었다고 한다

1969년에 '고래'라는, 태어나지도 않은 시 동인지가 있었다

몇 해 전에 세상을 뜬, 조선일보 당선 시인 임정남이 모임에서 내놓은 이름이었다

'고래'냐? '70년대'냐?

위 프롤로그로 올린 시는 시인이자 소설가인 윤후명 씨가 2012년,

20년 만에 펴낸 세 번째 시집 『쇠물닭의 책』에 실린 「고래의 일생」 전문이다. '고래'에 대한 두 사실을 그대로 전하고 있는 시이다. 장생포 앞바다에서 대형 고래가 그물에 걸려 죽은 것도 사실이고, 1969년 〈조선일보〉 신춘문예 시 부문에 당선된 임정남 시인이 '고래'라는 이름의 시 동인지를 만들려 했었고 2005년 타계한 것도 사실이다. 사실을 건조하게 전하면서도 고래의 죽음으로 못 이룰 꿈, 신화, 순수, 시 같은 것들의 본질도 환기시키고 있는 시이다.

"1969년은 내 인생에 있어서 한 중요한 전환점이었다. 그해 1월 어느 날 임정남이 내 근무처인 월간문학으로 나를 찾아왔다. 그는 이제 막 〈조선일보〉 신춘문예에 시가 당선된 신출내기 주제에 다짜고짜 모월 모일 모시에 모 다방에서 만나자는 것이었다. 그리고 '우리 동인을 결성하자'는 것이었다. 윤후명과 강은교, 자기와 나 이렇게 넷을 거명하며 '누구 좋은 사람 있으면 한 사람 추천하라'는 것이었다. 나는 그때 가깝게 지내던 박건한을 추천했다."

김형영 시인이 회고한 '70년대' 동인 결성 과정이다. 신출내기 임정남 시인이 자신보다 먼저 등단해 시단의 주목을 받으며 신예로 떠오르고 있는 선배들에게 동인 결성을 제안한 것이다. 윤후명과 강은교 시인과는 이미 동인을 하기로 뜻을 같이했다며. 연세대 출신인 임정남과 윤후명, 강은교는 이미 등단 전 대학 시절부터 문학 활동을 같이 해온 사이이다.

1944년 전북 부안에서 출생, 서라벌예대를 나온 김형영 시인은

1966년《문학춘추》신인작품상에 당선돼 활발히 시작 활동을 하며《월간문학》편집부에서 일하고 있었고, 1946년 강원도 강릉 출신인 윤상규(윤후명의 본명) 시인은 1967년〈경향신문〉신춘문예에 당선돼 출판사 삼중당 편집부에 근무하고 있었다.

1945년 함남 홍원 출신인 강은교 시인은 1968년《사상계》신인문학상에 당선돼《주부생활》편집부에 근무했다. 1942년 전남 해남 출신으로 한양대를 나온 박건한 시인은 1966년《문학》신인작품상에 당선돼 예총 본부에 근무하고 있었다. 1944년 평양 출신인 임정남 시인이 당선작을 찍은 신문의 잉크가 마르기도 전에 문단으로서는 선배 격인 네 시인에게 모월 모일 모시에 모 다방에서 만나자며 동인 결성에 앞장서 나선 것이다. 그래서 1969년 초 모월 모일 모시에 관철동 모 다방에서 다섯 시인은 만났다. 이후 종로 뒷골목 주점과 중국집 등에서 만나 동인 결성 논의를 거듭해 나갔다. 물론 그럴싸한 동인 이름을 짓는 게 급선무였다.

"가장 지적이며, 그러면서도 시대를 꿰뚫는 그런 이름, 한번 들으면 잊히지 않을 이름, 문학사에 찬란히 남을 이름을 찾아 밤늦도록 그 찻집에 웅숭그리고들 앉아 있었다"라고 강은교 시인은 회고했다. 임정남 시인이 들고 온 '고래'라는 이름은 시 동인지 이름으로서는 너무 생뚱맞게 펄펄 뛰고, 또 도전적인 것 같아 포기했다.

그로부터 6년 후인 1975년 소설가 최인호가 작사해 송창식이 통기타를 치며 부른 노래〈고래 사냥〉이 폭발적인 인기를 끌며 국

민가요로 불리다 유신 독재정권에 의해 금지곡이 되기도 했었는데. 그 모양과 뜻, 그리고 소망에 딱 들어맞는 이름 짓기는 매양 그렇게 힘든 것. 논의에 논의를 거듭하다 '70년대'로 결정하게 됐다.

"그 흔하디흔한 10년 단위이냐", "영원해야 할 우리 시가 겨우 10년이란 말이냐"는 등 반대 의견도 있었으나 보편적인 이름을 택한 것이다. 동인들의 다양한 시적 경향과 활동을 동인, 에콜의 이름으로 제한하지 않기 위해 무난하게 지었다는 것이다.

그럼에도 '70년대'라는 이름에는 '현대시'나 '60년대사화집', '시단' 등 당시 성가를 발휘하며 활발하게 활동하던 바로 위 세대 동인들에 대한 부러움과 도전 의식이 담겨 있다. 특히 4·19와 5·16으로 이어지며 문학의 현실 참여가 부각되던 시대와는 무관하게 1962년 결성돼 본격적인 첫 한글세대로서 언어와 내면 의식을 탐구하던 '현대시' 동인에 대한 의식도 암암리에 깔려 있다.

1970년대의 새로운 시 세계를 선점하고 열어젖히기 위한 포석이 '70년대'라는 이름에는 놓여 있다. 시단에 신선한 충격을 주기 위해 갓 등단한 젊은 시인들이 우선은 시에 대한 순정과 오기로만 모여 '70년대' 동인을 결성한 것이다.

동인들의 도전과 열정이 열어젖힌 우리의 현대시사

우리 현대문학, 현대시는 이러한 동인들이 열어젖힌 것으로 볼 수 있다. 1908년 최남선이 「해에게서 소년에게」를 발표하며 시작된 우리 현대시는 1910년대까지는 당연히 아직 시단이 형성돼 있지 않았다. 시대의 선각자를 자처한 최남선과 이광수만이 시와 소설, 역사 및 신문 사설과 칼럼 등 전방위에 걸쳐 계몽적인 문필 활동을 펼쳤던, 소위 '2인 문단 시대'로 1910년대는 기록될 수밖에 없었다.

그러다 1919년 2월 일본 도쿄에서 유학 중이던 주요한, 김동인, 전영택 등이 우리 최초의 동인지 《창조》 창간호를 펴내 동인지 시대를 열며 문단을 형성한다. '창조' 동인은 이광수의 문학을 사회개량을 위한 설교문학, 계몽문학으로 보고 삶과 인생을 있는 그대로 보고 그리는 순문학純文學에 뜻을 같이했다. 주요한이 그 창간호에 자유시 「불놀이」를 발표하며 우리 시는 본격적으로 현대시로 자리매김하게 된다.

1919년 3·1운동으로 일제 식민정권이 소위 문화정책을 내세우자 《폐허》《장미촌》《백조》《금성》《영대》 등 동인지가 잇달아 창간되며 1920년대를 '동인지 문단 시대'로 기록하게 한다. 그 동인지들을 통해 젊은 학생과 지식인들이 대거 시와 소설, 그리고 평론을 발표하며 본격적으로 문단을 형성한 것이다.

그러다 1930년대 들어 《시문학》《삼사문학》《시인부락》 동인지 등이 나와 우리 현대시의 넓이와 깊이를 더해가며 오늘의 현대시단 꼴을 완성해갔다. 해서 우리 현대시사는 동인들이 일구며 오늘의 매양 참신하고 융숭한 시단으로 이어지고 있다는 것이 필자의 시단에 대한 실감이다.

문학작품 발표 지면으로는 신문과 잡지, 그리고 문예지와 동인지 등을 들 수 있겠는데 동인지의 특성은 에콜, 즉 동류同類 지향이다. 잡지雜誌 등이 문자 그대로 잡스런 글들이 다 모이는 운동장 같은 지면이라면 동인지는 지향과 취향이 비슷한 글들만 모이는 집 앞마당 같은 지면. 때문에 세파나 시류에 꺾이거나 흔들리지 않은 문학을 향한 초심, 순정, 오기 등을 동인지를 통해서 만날 수 있는 것이다.

동인 이름이 정해지자 곧바로 창간 작업에 들어가 1969년 4월 25일자로《七十年代》창간호를 펴냈다. 광명인쇄공사에서 3백 부 한정판으로 찍은 창간호 정가는 3백 원. 종로의 서점에서 동인지가 팔린다는 소식에 들뜬 동인들은 인천 앞바다 작약도로 야유회를 가기도 했고 영문학을 전공한 강은교 시인은 해외 유수 도서관으로 동인지를 보내기도 했다.

창간호에는 강은교, 김형영, 박건한, 윤상규, 임정남 시인 등 창간 동인 5명이 신작 시 6~10편씩을 싣고 있다. 창간호에는 으레 실리게 마련인 창간사도, 동인들의 소감을 적는 편집후기도 없다. 오로지 동인들의 신작 시와 권말에 동인들의 프로필 사진과 함께 약력과 주소만 실었다. 어떤 주장이나 변명도 없이 오로지 작품으로만 승부하겠다는 동인들의 순정한 오기가 편집에도 드러난다.

창간호가 나온 지 반년도 안 돼 10월 1일 숨 가쁘게 나온 2집에도 창간 동인들의 시 5~7편씩이 실려 있다. 이와 함께 로마 시인

호라티우스의 「시법詩法」을 권말에 실었다. 윤상규 시인이 직접 번역한 그 글 말미에서 호라티우스는 이렇게 외친다. "엠페도클레스는 신神으로 여겨지기를 바라 불타오르는 에트나 화산으로 뛰어 들어갔다. 시인들에게 스스로 죽일 수 있는 자격을 갖게 하라. 스스로의 뜻에 어긋나게 하는 것은 그를 죽임만도 못하다"라고. 문학평론가 김윤식 씨가 '자멸파自滅派'라 분류했던 윤 시인은 물론 당시 동인들의 시에 대한 순교적인 순정한 자세가 번역으로 암암리에 담긴 대목으로도 볼 수 있을 것이다.

2집을 펴낸 지 1년이 넘은 1970년 10월 25일에 나온 3집에는 창간 동인 외에 1970년 〈동아일보〉 신춘문예로 갓 등단한 정희성 시인이 동인에 가담해 5명의 신작시 6~9편과 임정남 시인의 장시를 싣고 있다. 1972년 7월 30일 펴낸 4집에는 박건한 시인이 빠지고 대신 1969년 〈중앙일보〉 신춘문예로 등단한 석지현 시인이 새로 가담해 6명의 시 2~7편씩을 싣고 있다. 이와 함께 김현승과 고은 시인의 초대 시와 이형기 시인의 평론 「전신 연소全身燃燒의 시(강은교 시집 『허무집』 평)」도 실었다.

1973년 6월 4일 펴낸 5집에는 동인 6명이 시 2~10편씩을 발표하고 있다. 말미에는 석지현 시인의 시론 「인도 시론에 있어서 시작의 조건」을 실었다. 이 5집 이후 《70년대》는 기약도 없이 기나긴 휴간에 들어갔다.

창간사나 편집후기가 없다는 것에서 '70년대' 동인은 애초부터 에콜을 지향하지 않았다. 동인들에게 물어보아도 "누가 창간사를 쓰려 하긴 했으나 이내 접어버렸다. 시에 대한 순정과 애틋한 그리움뿐이었다. 우리에겐 시가 바로 에콜이었다"라고 할 정도로.

'70년대' 동인은 또 학연이나 지연, 출신 문예지나 한 스승의 문하 등 어떤 연緣에도 묶이지 않는다. 해서 《70년대》는 동인지라기보다는 출판사에서 신예 시인들의 신작들을 기획해 엮은 사화집詞華集처럼 보인다. 문자 그대로 빛깔과 향기와 나름의 성깔을 제각각 뽐내는 시의 꽃밭 말이다.

강은교 동인

"그것은 물론 언어의 지적 조작이 낳은 결과가 아니다. 또 그것은 감정이나 감각의 소산일 수도 없다. 굳이 말한다면 시밖에는 쓸 것이 없는 한 숙명의 시인이 그 숙명이란 바위를 향해 자신의 인생 전부를 계란처럼 내던져 박살이 날 때의 그 박살 나는 소리인 것이다. (중략) 강은교 씨의 전신 연소적인 시편들이 파멸이나 퇴폐의 세계라고 불린다면 그것은 도리어 씨의 영광이 아닐 수 없다."

강은교 시인의 첫 시집 『허무집』에 대한 이형기 시인의 평, 한 부분이다. '70년대' 동인은 동인의 이름을 발행처로 해 1971년 이 시집을 펴냈고 동인지에 평까지 실은 것이다. '언어의 지적 조작이나 감정이나 감각의 소산이 아니라 숙명적으로 전신 연소적인 파멸이나 퇴폐의 세계'라는 평은 『허무집』에만 해당되는 것이 아니라 당시 동인들의 시 세계를 포괄할 수도 있다. 전신 연소의 파멸은 잡티 없이 순정한 시들의 본질이요 숙명 아니겠는가.

> 날이 저문다 / 먼 곳에서 빈 뜰이 넘어진다 / 무한천공 바람 겹겹이 / 사람은 혼자 펄럭이고 / 조금씩 파도치는 거리의 집들 / 끝까지 남아 있는 햇빛 하나가 / 어딜까 어딜까 도시를 끌고 간다. // (중략) // 집이 흐느낀다 날이 저문다 / 바람에 갇혀 / 일평생이 낙과落果처럼 흔들린다 / 높은 지붕마다 남몰래 / 하늘의 넓은 시계 소리를 걸어놓으며 / 광야에 쌓이는 / 아, 아름다운 모래의 여자들 // 부서지면서 우리는 / 가장 긴 그림자를 뒤에 남겼다

동인지 창간호에 발표된 강 시인의 시 「자전自轉 2」 부분이다. 삶과 세계가 결국은 파멸일지라도, 바닥날 모래시계일지라도 맨살로 살아내고 맨 언어로 끝까지 탐구하려는 도전 의식이 드러나고 있는 시이다. 강 시인은 창간호에 '자전' 연작 5편 및 3집에는 '바리데기의 여행 노래' 연작 5편, 5집에는 '연도집煉禱集' 연작 7편 등 연작시를 발표했다.

> 그렇다 여행이다. / 가장 가까운 곳에서 / 눈물 하나가 바다를 일으킨다. / 바다를 일으켜서는 또 다른 바다로 끄을고 간다.

'바리데기의 여행 노래' 연작 둘째 편 「어제 밤」 한 대목이다. 우

리 무속巫俗에서 저승까지 여행 갔다 와 생사 꿰뚫어 보며 삼라만상 맺히고 아픈 것들을 다 풀어주는 무조巫祖 바리데기를 화자로 내세워 허무며 파멸 너머의 세계까지 들여다보려는 연작이다.

> 살이 춤춘다. / 춤추면서 살은 / 주인 없는 산으로 간다. / 산으로 가다가 / 밭이 있으면 / 잠깐 쉬다가 밭이 된다. / (중략) / 살아서 살은 떠든다. / 자기가 살아 있다고 / 춤추면서 부서지면서 / 때로는 피 흐르면서.

'연도집' 연작 세 번째 편인 「제3기도」 한 부분이다. '연도'는 가톨릭에서 죽은 자를 위해 올리는 기도를 말하며, 해서 "정화되기를 기다리는 / 모든 다정한 혼들에게"라는 프롤로그를 이 연작 머리에 올려놓았다. '바리데기의 여행 노래'나 '연도집' 연작 모두 결국은 파멸의 정화를 위한 굿거리며 기도인 것이다. 이런 연작들을 통해 동인지 《70년대》에서부터 강 시인은 집요하면서도 구체적으로 파멸과 허무의 미학을 세워나간 것이다.

"그녀가 다스리는 / 허무의 영역 / 다시 들어가 보면 / 그러나 아주 허무는 아니고 / 자궁같이 든든한 알맹이가 보인다". 같은 동인인 정희성 시인이 5집에 발표한 「은교恩喬의 시」 한 대목처럼 강 시인의 허무는 튼실한 알맹이를 잉태하고 있었다.

> 너의 눈이 천 리를 안을 수 있다면 // 너의 눈이 천 리를 안아 / 내 언저리에 둘러앉힐 수 있다면 // 나, 가리 / 천 리 함께 가리

2014년 강 시인이 13번째 시집으로 펴낸 『바리연가집』에 실린 시 「등대의 노래」 전문이다. 40여 년이 지나 다시 불러낸 바리데기는 이제 파멸의 살이며 피 다 정화하고 등대처럼 삼라만상을 껴안는 그리움의 빛, 알맹이로 남은 것이다.

김형영 동인

애인 없는 사람들이 만나는 곳에서 / 창을 열고 있는 나를 보았다. / 옛날에 그것은 눈 오는 사냥이었으나 / 여행은 도중에 문門이 없는 일요일이었다. // 세계를 넘고 내 자신을 넘어 / 무슨 영상을 바라보느냐? / 아름다운 허위에 눈부신 눈. / 생활의 밑바닥을 핥아내는 눈. // 떠나거라, 물 위에서 / 어느 날 소리치며 뛰어오르던 감옥에서 떠나가거라, / 생각하면서 썩어버린 생각을 / 걸으면서 잃어버린 거리를. // 무슨 바위, 무슨 젊음이 / 푸른 풀의 등불 아래서 / 날름대며 암흑에 키스하는가, / 오, 나의 악惡이여 / 지금은 일어설 때이다.

김형영 시인이 창간호에 발표한 시 「예배자」 전문이다. 독실한 가톨릭 신자인데도 제목처럼 경건하지가 않고 상당히 어둡고 불손한 시이다. 꽉꽉 막혀 탈출구 없는 감옥 같은 삶과 세상과 자의식이 그대로 드러나며 악에 예배하고 있는 시이다. “생각하면서 썩어버린 생각”, “걸으면서 잃어버린 거리” 등에서 허무와 파멸을 느낄 수 있다. 유신 독재로 치닫던 저 1970년대 전야의 시대의식이 '70년대' 동인들 시의 바탕에 깔려 있었던 것이다. 거기에 젊음 보편의 질풍노도의 방황과 좌절의 밑바탕까지 맨몸의 언어로 파고들려는 도전 의식이 동인들 시에는 배어 있었던 것이다.

새빨간 하늘 아래 / 이른 봄 아침 / 목에 바다를 감고 / 죽은 갈매기

김 시인이 3집에 발표한 「갈매기」 전문이다. 파멸의 미학이 고압으로 압축돼 갈매기처럼 푸른 바다와 하늘을 박차 오르고 있는 시이다.

나는 내가 누군지 모르고 산다. / 내가 꽃인데 / 꽃을 찾아다니는가 하면, / 내가 바람인데 / 한 발짝도 나를 떠나지 못하고 / 스스로 울안에 갇혀 산다. // 내가 만물과 함께 주인인데 / 이리 기웃 / 저리 기웃 / 한평생도 모자란 듯 기웃거리다가 / 나를 바로 보지 못하고 / 그렇게 나를 찾아 떠돌아다닌다. // 내가 나무이고 / 내가 꽃이고 / 내가 향기인데 / 끝내 나는 내가 누군지도 모르고 / 헛것을 따라다니다가 / 그만 헛것이 되어 떠도는구나. // 나 없는 내가 되어 떠도는구나.

김 시인이 2012년에 발표한 시 「헛것을 따라다니다가」 전문이다. 시 본문 아래 명시한 "「열왕기」 하권 17~18장 참조"란 각주에서 보듯 성경에서 상상력을 얻은 이 시에는 시인이 이제 꽃이고

나무고 바람 등 자연과 한 몸으로 어우러지고 있음이 엿보인다. 그럼에도 참으로 인간적으로 "끝내 나는 내가 누군지도 모르고" "헛것이 되어 떠도는구나" 하고 탄식하고 있다. 초창기 동인 시절부터 비롯된 이 솔직함과 끝 간 데 없는 탐구 정신이 이제 이렇게 자연스레 삼라만상과 한 몸으로 어우러지는 시를 낳게 하고 있는 것이다.

박건한 동인

아무도 말하지는 않네 / 거기서는 자유롭다고 / 살아 있는 영혼의 흰 이빨이 서걱이는 시간 밖에서 / 소금의 은빛 언어는 출렁이는데 / 고여 있거나 쌓여 있지 않는 / 안개는 내리는데 / 걷히면 모두가 보이질 않는 / 그것을 아무도 말하지는 않네.

박건한 시인이 창간호에 발표한 「유리의 집」 앞부분이다. 앞 두 동인과 마찬가지로 암울한 시대의식과 젊음 특유의 자의식이 묻어나는 시이다. 그러나 그런 의식은 배경으로만 깔리고 그것을 잡아내려는 언어의식이 빛을 발하고 있다. "소금의 은빛 언어는 출렁이는데"라며 어떻게든 시로 언어예술화해보려는 의지를 드러내고 있다.

자칭 타칭 '박목월의 수제자'로 불리며 언어의 빼어난 이미지,

운율 형상력을 인정받으며 신예로 떠오른 시인이 박 시인이었다. 그래서 '70년대' 창간 동인으로 영입됐으면서도 창간호와 바로 이어진 2집에 시 12편을 발표하고 3집부턴 사라진 시인이 박 시인이다. 예총이나 출판사 등지에서 일하며 남의 시를 발표케 한다거나 시집을 내주는 일을 하면서 정작 자신의 시로부터는 멀어져 간 것이다.

이왕이면 / 바람개비에 부는 바람이고 싶었다 / 이왕이면 / 피리 구멍 넘나드는 바람이고 싶었다 / 달빛마저 무거워 / 어깨 축 늘어뜨린 나뭇가지 끝에 / 걸터앉아 밤새도록 졸고 있는 / 허리 꺾인 바람 아니라 / 이왕이면 / 바람개비에 부는 바람이고 싶었다 / 이왕이면 / 피리 구멍 넘나드는 바람이고 싶었다 / 이왕이면 / 이왕이면…… / 그런 바람이고 싶었다

그렇게 오랫동안 자신의 시에서 떠나 있다 2012년 발표한 「이왕이면」 전문이다. '이왕이면'이란 부사가 회한처럼, 바람처럼 맴돌며 눈에 보이지 않는 바람을 간절히 형상화 · 운율화해놓고 있다. 나아가 바람과 시인과 시가 "피리 구멍 넘나드는" 한 가락이 되고 있는 시이다. 시를 안 썼든, 발표를 안 했든 간에 《70년대》에 발표했던 시들에 드러난 "소금의 은빛 언어"가 더 완숙한 가락을 타고 출렁이고 있음을 볼 수 있다.

윤후명 동인

잡목 숲은 무덤처럼 / 어둠의 둘레를 무지개로 감고 / 불빛을 모아 물결의 장단長短을 따라 / 바람이 하늘거렸다 / 날새의 제일 유심히 반짝이는 / 두 눈깔을 꿰뚫음에 / 공명共鳴하며 하룻밤을 흔들린 / 사무치는 뜬 눈의 웃음 / 드넓고 광폭해라, / 새가 온 들을 채어 쥐고 / 한 기운으로 푸드드득 오를 때 / 활짝 당겨 개이는 먼오금 / 숲과 들을 벗어나 휘달려 / 그는 죽음의 사랑에 접근한다

윤후명 시인이 창간호에 발표한 「명궁名弓」 전문이다. 여느 동인들의 시처럼 어두운 분위기이다. 윤 시인은 그 어둠 속에서도 시대가 아니라 사물의 '눈깔', 본질적 핵심을 꿰뚫으려 한다. 그러나 그 명중은 곧 '죽음의 사랑'인 것을, 파멸인 것을.

창간호부터 마지막 5집까지 《70년대》를 통해 가장 꾸준하고 부지런히 시작 활동을 편 시인이 윤 시인이다. 그러다 1977년 위시를 표제로 한 첫 시집을 펴내고 나서 시를 일단 접고 소설로 돌아섰다. 시집 뒤표지 글에서 "아름다움을 찾아 나선다고 했다가 급기야는 절망을 찾아 나선 꼴"이 됐다며. 그만큼 언어와 본질적 삶의 이율배반에 아파하고 괴로워하며 시를 썼던 것이다. 그 이율배반을 회피하지 않고 정면으로 대결해나가며.

경포호에 군함조가 나타나 먹이 사냥을 한다 / 태풍 메아리를 뒤따

라온 / 열대의 새 / 마음 상해 길을 잃은 새에게 / 주문진에서 발라 먹은 도치 뼈를 주련다 / 겨울이면 뼈를 녹여 살아간다는 물고기 / 씬퉁이라고 부른다고 한다 / 군함조에게 도치 뼈를 던지며 / 이게 내 고향 / 잃은 길을 찾으라고 뼈를 던져도 / 이정표가 되지는 못하리니 / 이게 내 고향 / 내 마음도 상한 지 오래되었음을 안다

2012년에 발표한 시 「고향 길」 전문이다. 앞서 살펴본 「고래의 일생」과 같은 축으로 읽히는 시이다. 시인은 고향 강릉 경포호에서 저 열대의 전설 같은 새 군함조와 길을 잃었다는 데에서 하나가 된다. 또 자신이 발라 먹은 도치라는 물고기와 하나가 된다. 제 뼈를 녹여 살아가는 물고기와 제 심장을 녹여 순수를 찾는 시인과 다를 게 뭐 있겠는가. 그래 시인은 고향에 와 있으면서도 "이게 내 고향"이라 반복하며 길 잃은 새에게 원기 회복해 길 찾아가라며 먹이를 던지는 행위 자체가 이제 시인의 고향임을 되뇌고 있다. 그 행위가 곧 우리네에게 순정한 마음을 되살려주는 윤 시인의 시와 소설 쓰기 아니겠는가.

임정남 동인

무서운 밤이 항상 나의 방에 있다 / 매일 자살하는 나의 머리가 / 그 밤을 믿으려 한다 / 밤은 내 생애에 대한 미래이다 / 누구의 방문도 거

부하는 내 손바닥에 / 예술의 술잔은 오랫동안 비어 있고 / 죽은 책이랑 비틀거리는 야수들이 / 싸움이 싫은 나의 싸움을 비겁하게 만든다 / 그것은 운명이고 우리들의 가련한 개인 / 무서운 밤이 항상 방을 뛰쳐나가려 한다 / 더러운 도시를 정복하려 한다 / 비참한 기억의 잠든 폐허 / 나는 유리창과 방문과 밤의 옷자락을 꼭 잡고 있다 / 아 그런데 저것은 누구의 실수인가 / 두려워하던 밤의 기적이 도처에서 일어난다 / 지붕 위에서 카시미론 이불 밑에서 / 우리들의 방을 뛰쳐나간 밤이 지배되고 있다 / 누군가의 평생토록 긴 밤이 / 이미 을지로와 나의 심장에 가득 차고 / 지배되는 폭풍의 무섭지만 관능적인 키스 / 집집마다 불이 꺼지고 가로등이 켜진다 / 저것이 문명인가

임정남 시인이 창간호에 발표한 「저것이 문명인가」 전문이다. 가쁜 호흡으로 '밤'의 상상력을 펼치고 있는 시이다. 그렇다면 이 시를 지배하고 있는 '밤'은 무엇일까. 일단은 어두운 시대 상황으로 읽히면서도 꼭 그렇지만은 않다. 정반대로 개인의 어둔 방으로 숨어든 혁명의 의지로도 읽힐 수 있기 때문이다. 독재시대 검열을 피하기 위한 방편일 것인가. 그러면서도 시대의 어둠을 직격하지 못하는 자의식이 "싸움이 싫은 나의 싸움을 비겁하게 만든다 / 그것은 운명이고 우리들의 가련한 개인"이란 대목에선 어쩔 수 없이 뛰쳐나오고 있다.

다시 밤이다 / 집 없는 밤이다 / 전깃줄에 칭칭 감긴 외로운 도시가 /

신경의 하늘 밖으로 사라지고 / 마침내 새벽에 부딪쳐 / 흰 나비처럼 부서질 때까지 / 이 싸움 없는 정신의 매일 밤이다 / 그 개인의 뒤뜰에 / 죽은 신발들은 소리 없이 내려 쌓이고 / 바다로 가는 길은 조금씩 파묻히고 / 스피카를 헤치고 오는 / 상처받은 자유가 / 얼마 동안 주머니 속에서 / 달그락거리다가 죽는다

2집에 발표한 장시 「죽은 도시」 첫 연이다. '밤'의 상상력으로 첫 장을 열고 있으면서도 앞에서 살핀 시보다는 좀 더 구체적이다. "싸움 없는 정신의 매일 밤"이나 "상처받은 자유" 등에서 보다 더 참여시 쪽으로 향하고 있다. 바로 이어지는 연에서 "몇 번이나 뒤집어진 수영洙暎의 뜰을 지나서 / 잘 있거라 / 뜨거운 벽돌과 사상의 껍질 속 / 헝클어진 검은 공상空想의 누더기들 / 아 잘 있거라" 하는 대목에서는 김수영 시인의 참여시와 시론이 그대로 떠오를 지경이다.

등단하자마자 앞장서 동인을 결성한 임 시인은 이처럼 '밤'의 상상력과 거칠고 긴 호흡과 때로는 과격한 언어의 시로 시대의 어둠을 뚫으려 한 많은 시들을《70년대》에 꾸준히 발표했다.

나는 밤을 따라간다 오늘 밤 / 나무들이 줄지어 막고 서서 / 우수수 우수수 / 신경질적으로 살을 벗는다 / 내 손에 닿았던 사랑은 미끄러지고 / 오 나무처럼 / 절망은 깊이 흰 뼈를 견뎌내고 / 죽은 잎사귀들은 홀가분하게 / 밤을 따라간다 오늘 밤 / 나와 함께.

5집에 발표한 시 「오늘 밤」 전문이다. 창간호부터 5집까지 꾸준히 발표한 시 17편 가운데 가장 짧으면서도 호흡이 안정된 시이다. 참여시, 민중시 쪽의 '출정가' 부류로 읽히면서도 참 아름다운 시이다. 이 시를 끝으로 《70년대》도 무기한 정간에 들어갔고 임 시인도 시를 떠나 민주화운동에 투신하다 2005년 시집 한 권도 못 펴내고 타계했다.

정희성 동인

밤새 우리는 숨을 죽이고 기다렸다 / 우리가 무엇을 바라는지 다만 그것을 모르는 채 / 일상의 구획된 거리를 빠져나가며 / 나날이 개편되는 우리들, / 석간夕刊의, 늘 위태한 입구에서 / 집적集積의 우울한 낱말을 손에 쥔다. // 신라의 한 조각 불투명한 기왓장으로 / 사가史家는 매양 역사를 들여다보지만 / 곱게 미칠 수 없던 시대의 / 그 갈증 나는 아이들은 지금 / 소리 없는 전쟁의 기류를 타고 / 하얀 껍데기처럼 흐느끼고 있는 것을 / 그대는 아는가 // 밤이 기슭에 닿도록 석굴 술집에서 / 마신 술을 퇴계로에서 토하고 나서 / 십자가에 허수아비 얼굴을 걸어놓은 사람들. / 탄흔이 가신 피부 속으로 황달이 스민 듯 / 잎 진 나무들 새로 먼 해원을 바라보며 / 영혼의 죽은 나무 이파리를 들춘다.

1970년 〈동아일보〉 신춘문예 당선 시인 정희성 시인의 「변신變

身」한 대목이다. 130행에 이르는 이 긴 시를 보고 또 보며 '70년대' 동인들은 혀를 차며 감탄했다. 시대의 어둠을 직시하면서도 동서고금의 교양으로 꽉 찬 시적 미학에. 그래서 신춘문예 출신들로 구성된 '신춘시' 동인들이 한창 위세를 떨치고 있던 때라 서둘러 영입에 나서, 등단하자마자 3집부터 '70년대' 동인으로 참여하게 된 것이다.

> 어디만큼서 신선한 눈을 뜨고 있는가. / 라사로 / 죽지 않을 병病 속에 묻혀 / 세상에 온통 많은 너 / 풀섶에서 허물을 벗는 푸른 배암처럼 / 간난과 고통의 / 슬픈 의상을 벗으라. // 라사로 / 피곤한 우리들, / 썩은 살점에 고여 있는 번뇌가 / 반디처럼 불을 켜고 어둠 속을 나른다. / 그렇게 쉽사리 우리가 죽지는 않을 거. / 새로 뜬 너의 시원한 눈 속에 / 모든 죽음이 완성된다.

3집에 발표한 시 「라사로」 전문이다. 밤과 죽임의 시대를 뚫으려는 의지가 신선하게, 낙관적으로 번뜩이고 있다. "세상에 온통 많은 너"라며 민중 · 연대의식도 드러내고 있다. 그러면서도 시의 의장, 미학은 벗어던지지 않고 있는 시이다.

> 풀을 밟아라 / 들녘엔 매 맞은 풀 / 맞을수록 시퍼런 / 봄이 온다 / 봄이 와도 우리가 이룰 수 없어 / 봄은 스스로 풀밭을 이루었다 / 이 나라의 어두운 아희들아 / 풀을 밟아라 / 밟으면 밟을수록 푸른 / 풀을 밟아라

1974년 펴낸 첫 시집 『답청踏青』 표제 시 전문이다. 유신 독재 시대의 어둠을 걷고 봄을 부르자는 의지와 선동이 담긴 것을 어렵잖게 읽을 수 있는 시이다. 그러면서도 직설적이지 않고 시의 미학, 규율을 충실히 지키고 있는 시이다. 이러한 자세가 정 시인을 오랫동안 우리 시의 모범으로 남게 했을 것이다.

석지현 동인

잔말은 물에 묻고 / 푸른 잎 무성한 저 소리로 / 그대와 같이라면 왜 못 가리요

4집부터 동인으로 참여한 석지현 시인이 4집에 발표한 시 「잔말은 물에 묻고」 전문이다. 동인 영입을 기꺼이 수락하고 있는 시처럼 읽힐 수도 있다. 스님이고, 무엇보다 동인들이 석 시인의 시를 높이 사 동인으로 끌어들인 것이다. 석 시인은 일찍이 들어섰던 산문山門에서 속세로 나왔다. 세속에 있으면서도 대승적 깨달음은 더 깊어, 동인들은 머리 기른 속세에 살면서도 관음보살처럼 중생의 아픈 소리 다 들어주고 보살피는 시인이라 하여 '다모관음多毛觀音'이라 부른다.

중으로도 끝났고 / 글쟁이로도 맛이 갔고 / 인간으로도 빗나갔지만,

/ 그러나 나는 문을 열었다 / 스스로 내 무덤을 파면서 / 난 마침내 그 문을 열었다.

2012년에 발표한 「자전自傳」 전문이다. 제목처럼 일대기를, 그렇게 살면서 깨친 각성을 진술하면서도 단호하게 전하고 있는 시이다. "스스로 내 무덤을 파면서 / 난 마침내 그 문을 열었다"는 대목처럼 '70년대' 동인들은 동인지를 통해 어둠과 죽임의 시대와 젊음 특유의 예민한 실존의 한계상황에서 시의 문을 두드리고 열어 오늘에는 다들 큰 시인으로 설 수 있었다.

《고래》로 다시 태어난 《70년대》

"우리가 오늘 모여서 순간적으로 그때의 마음으로 돌아갈 수 있는 원동력이야말로 우리의 열정을 대변해준다 하겠다. 그리고 우리는 시와 함께 시 속에서 이 삶을 불사르며 '하늘을 우러러' 굽힘 없이 오늘에 이르렀다고 자부한다. (중략) 이렇게 우리는 다시 만났다. 그리고 예전에 태어나지도 못한 '고래'의 모습으로 다시 태어났다."

5집이 나오고 중단된 40년 만인 2012년 7월 30일자로 '70년대' 동인은 위 같은 말과 함께 동인지를 펴냈다. '70년대' 대신 '고래'라는 표제로 강은교, 김형영, 석지현, 윤후명, 정희성 다섯 동인이 대표작 5편, 신작 10편씩을 실었다. 칠순을 바라보는, 그것도 우리 시단을 대표하는 시인들이 40년 만에 다시 모여 신작을 10편씩이나 발표한 동인지를 간행한 것은 사상 초유의 일이다. 동인지명을 '고래'로 고친 것은 먼저 간 동인 임정남 시인을 추모하면서도 오늘 시단에서 고래같이 커다란 동인들의 무게가 암암리에 실린 것으로 봐도 무방할 것이다.

"70년대는 상처였고 방황이었고 죽음을 예비하는 시대였다. 어둠으로 가득 찬 시대이기에 역설적으로 시는 살아 있었다. 시는 그 상처와 방황을 치유하는 역사였다. 그리하여 파란만장한 파도를 넘어 고래는 살아남아 있다. 그래 오늘 이 자리만큼은 정치, 경제 등 모든 것을 제치고 시가 세상의 중심이 된 것 같아 축하한다."

동인지를 펴낸 직후 가진 조촐한 출판기념회에서 당시 한국시인협회 회장으로 있던 신달자 시인이 한 축사 한 대목이다. '70년대' 동인들이 시단에 나오고 동인을 결성하고 하던 20대는 상처이고 방황이고 죽음이었다. 이것은 동서고금을 초월해 젊음이자 시인 특유의 성향이자 특권 아니겠는가. 더구나 유신 독재, 광주민주화항쟁의 도륙으로 치닫던 죽임이라는 시대 상황까지 더했으니 오죽했겠는가. 그런 시대의식을 직시하면서도 '70년대' 동인은 정치, 경제 등 시 아닌 것들을 제치고 시를 시의 중심에 놓았다. 시의 시성詩性을 굳건히 지켰던 것이다. 순수시와 참여시로 다시는 봉합될 수 없을 듯 첨예하게 갈라서던 1970년대 시단에서 《70년대》는 그 두 경향이 아름답게 동거하는 집이었다.

오로지 그리움과 시성, 최고를 향한 시적 미학만으로. 1960년대의 자유와 비판적이고 반성적인 지성의 시, 1980년대의 사회과학과 이념으로 직격해나가는 시 틈바구니에 끼여 숨넘어가던 1970년대 시의 에스프리가 《고래》로 되살아나고 있음을 출판기념회 자리에서 실감할 수 있었다.

"60세만 넘으면 사라지는 우리 사회에서 70대를 앞둔 시인들이 이런 행사를 갖는다는 것 자체가 초유의 일이다. 70대가 되더라도 계속 전진하고 싶다. 시와 함께 살고 죽자. 40년 전으로 돌아가 이제부터 다시 또 전진이다."

그날 그 자리에서 동인을 대표한 윤후명 시인의 말이다. '70년대' 동인의 전진은 여전히 진행 중이다. 슬로건을 내걸고 크게 무리 지어 시의 파랑波浪이나 일으키는 것이 아니라 작지만 옹골차게 강심수로 흐르며 우리 시의 시성을 지켜내고 있다.